Felix

W0466513

GROSSMUTTERS MÄRCHENBUCH

Elek Benedek

Palkó, der Flötenspieler
Die Tochter des Kuhhirten
Das Salz

Illustrationen von Rozi Békés

Palkó, der Flötenspieler

Hinter den sieben Meeren und den gläsernen Bergen, dort, wo das Märchenland beginnt, lebte einmal eine Witwe mit ihrem Sohn, der hieß Palkó. Sie waren sehr arm. An manchen Tagen fehlte ihnen selbst ein Stückchen Brot. Alles, was sie hatten, war ihr verfallenes Häuschen und ihr Garten. Eines Tages sagte Palkó zu seiner Mutter: „Mutter, ich will nicht länger Hunger leiden. Ich werde mir eine Arbeit suchen und erst nach Hause zurückkehren, wenn ich das Geld für ein Kälbchen verdient habe."

Sprach's und verdingte sich auf ein Jahr. Nach Ablauf der Zeit hatte Palkó ein Kälbchen verdient. Wiederum verdingte er sich auf ein Jahr und verdiente ein weiteres Kalb. Auch für das dritte und vierte Dienstjahr erhielt er ein Kalb zum Lohn.

So besaßen sie nun vier Kälber, aber der Garten war klein und brachte wenig Heu, und den Kälbern fehlte es an Futter. Also kam es Palkó in den Sinn, er werde die vier Kälb-

chen auf den Markt treiben und verkaufen. Wie gedacht, so getan. Als er auf dem Wege war, kam ein grauhaariger Alter auf ihn zu und sagte: „Du, Bursche, ich habe hier eine wohltönende Flöte. Ich will sie dir geben, wenn du mir ein Kalb dafür gibst."

„Wo denkst du hin, guter Mann, ich kann dir doch kein Kalb für eine Flöte geben."

„Fürchte nichts und schlag ein. Das ist keine gewöhnliche Flöte. Du wirst sehen, sie wird dir nützen."

Sei's drum, dachte Palkó und gab ihm ein Kalb für die Flöte. Und ging seines Weges. Kaum einen Flintenschuß weit aber stand der grauhaarige Alte wieder vor ihm und sagte: „Du, Bursche, gib mir noch ein Kalb. Ich will dir diese Maus dafür geben."

Palkó mußte herzlich lachen. „Ich soll dir ein Kalb für eine Maus geben? Wo denkst du hin, guter Alter. Mäuse haben wir genug daheim; sie werden meiner Mutter schon zuviel."

„Gut, gut, aber das ist keine gewöhnliche Maus." Der Alte redete auf Palkó ein, bis dieser ihm ein Kalb für seine Maus gab. Jetzt hatte er nur noch zwei Tiere zur Stadt zu treiben. Plötzlich aber, wie vom Himmel gefallen, wie aus dem Erdboden gewachsen, stand der grauhaarige Alte wieder vor ihm und sagte: „Du, Bursche, ich habe hier einen Laufkäfer; der fehlt dir noch zu deinem Glück. Du bekommst ihn, wenn du mir ein Kalb dafür gibst."

„Nein", sagte Palkó, „ich bin doch nicht verrückt. Ich war närrisch genug, dir zwei Kälbchen für eine Flöte und eine Maus zu geben."

„Gib mir ein Kalb für diesen Laufkäfer. Er wird dir nützen."

Wer weiß, was sich Palkó dachte, jedenfalls gab er das dritte Kalb her. Traurig zog er seines Weges und trieb das letzte Tier vor sich her zur Stadt. Am liebsten wäre er umgekehrt, den Handel rückgängig zu machen, den er jetzt sehr bereute. Nun, als er so traurig dahinzog, in Gedanken versunken, stand der Alte wieder vor ihm und sagte: „Hör mal, mein Sohn. Gib mir auch dieses letzte Kalb, ich will dir einen Sack dafür geben."

„Nein", sagte Palkó. „Ich hätte dir schon die anderen nicht geben sollen. Ich weiß nicht, wie ich meiner Mutter unter die Augen treten soll."

„Fürchte nichts. Und gräm dich nicht. Das ist kein gewöhnlicher Sack. In ihm steckt der Schlaf. Du mußt

dem Sack nur sagen, wieviel Stunden du schlafen willst, und schon schläfst du. Und willst du jemand anderen einschläfern, brauchst du es dem Sack nur zu sagen."

Wenn es so ist, dachte Palkó, warum soll ich dann das Kalb noch auf den Markt treiben. Mag es dem Alten gehören.

Als er dem Alten das vierte Kalb gegeben hatte, sprach dieser zu ihm: „Nun geh nach Hause, mein Sohn. Aber bleiben wirst du dort nicht können. Deine Mutter wird dich prügeln, bis dich jemand aus ihrem Zugriff befreit. Aber wenn du dann frei bist, nimm die Beine in die Hand und lauf und ruf deiner Mutter zu: ‚Behüt' dich Gott, Mutter, ich komme wieder, wenn ich König geworden bin!'"

Als Palkó heimkam, setzte es tatsächlich Hiebe.

„Hast du die Kälbchen verkauft?" fragte die Mutter.

„Aber ja."

„Und wo ist das Geld?"

„Ich habe kein Geld dafür erhalten, Mutter, sondern all diese Dinge.“ Sprach's und zog Flöte, Maus, Laufkäfer und Schlafsack aus seinem Ranzen. Himmel, was wurde die Witwe wütend! Sie nahm einen Knüttel und prügelte Palkó kräftig durch, und wäre die Nachbarsfrau nicht hinzugekommen, würde sie ihn sicher totgeprügelt haben.
Palkó nahm die Beine in die Hand und lief davon, rief aber seiner Mutter zu: „Behüt' dich Gott, Mutter. Ich komme wieder, wenn ich König geworden bin!“
Palkó lief und lief, siebenmal sieben Länder weit, bis hinter die sieben Meere, wo das Märchenland beginnt, und kam in die große Stadt, wo der König wohnte. Der König hatte eine wunderschöne Tochter, die war sehr krank. Ein großer Kummer lastete auf ihrer Seele, weshalb niemand sie zum Lachen bringen konnte. Auch fand sie keinen Schlaf, weder des Tags, noch des Nachts.

Der König hatte im ganzen Land verkünden lassen, er werde seine Tochter demjenigen zur Frau geben, der sie zum Lachen bringen und ihr eine Arznei geben könne, die sie, wenn die Zeit herangekommen war, Schlaf finden lasse. Natürlich waren zahlreiche Fürsten, Grafen, Barone und hübsche Zigeunerburschen in die Stadt gekommen, um ihr Glück zu versuchen. Aber keinem von ihnen war es gelungen, die Prinzessin zum Lachen oder zum Schlafen zu bringen.

Palkó ging an den Hof des Königs und verkündete, auch er wolle sein Glück probieren. Die Prinzessin solle sich auf den Laubengang begeben, er wolle etwas auf dem Hof vorführen.

Die Prinzessin nahm im Laubengang Platz, um sie versam-

melten sich der König und seine Gemahlin sowie der gesamte Hofstaat, um zu sehen, was der arme Bursche zeigen würde. Palkó nahm die Maus und den Laufkäfer aus seinem Ranzen und setzte sie auf die Erde. Dann blies er in seine wohltönende Flöte und — o Wunder: Die Maus faßte den Laufkäfer um die Taille und schwenkte ihn herum, und sie tanzten, daß der Staub aufwirbelte. Und ob ihr es glauben wollt oder nicht: die Prinzessin lachte, daß es im ganzen Palast widerhallte. Auch der König und die Königin, ja der gesamte Hofstaat konnten sich vor Lachen nicht halten.

„Gut, mein Sohn", sagte der König. „Du hast meine Tochter zum Lachen gebracht. Jetzt aber bringe sie zum Schlafen."

Palkó erwiderte: „Ehrwürdiger König, geleitet die Prinzessin in ihr Zimmer und legt sie zu Bett. Ihr werdet sehen, sie wird sogleich einschlafen."

Als die Prinzessin in ihrem Bett lag, steckte Palkó seinen Kopf in den Sack und sprach: „Die Prinzessin soll bis morgen früh um acht Uhr schlafen."

Im selben Moment fielen der Prinzessin die Augen zu, und sie schlief tief und fest bis zum anderen Morgen um acht Uhr.

Unterdes kleidete man Palkó in ein purpurnes Gewand,

und als die Prinzessin erwachte, feierten sie gleich Hochzeit. Der greise König überließ Palkó die Hand seiner Tochter und damit die Regentschaft für das ganze Land.
Sieben Tage und sieben Nächte spielten die Zigeuner auf, drehten sich Burschen und Mädchen im Tanz. Nach der Hochzeit fuhr Palkó in einer sechsspännigen Kutsche zu seiner Mutter und holte sie in den Palast. Von nun an brauchte sie sich um nichts mehr zu sorgen.
Und wenn sie nicht gestorben sind, so leben sie noch heute.

Die Tochter des Kuhhirten

Hinter den sieben Meeren, fern von hier, lebte vor langer, langer Zeit ein Prinz. Der beschloß eines Tages, auf Reisen zu gehen, um sich eine Frau zu suchen. Ob Königstochter oder armer Leute Kind — auf jeden Fall sollte es ein Mädchen nach seinem Geschmack sein. Die Kunde verbreitete sich rasch im ganzen Land und weit über die Grenzen hinaus, und wohin der Prinz auch kam, lief das Volk zusammen, um ihn hochleben zu lassen: Alte und Junge, Burschen und Mädchen, vor allem die Mädchen. In einem Dorf erblickte der Prinz ein Mädchen, das ihm sehr gefiel. Er trat auf sie zu, wechselte ein paar freundliche Worte mit ihr und fragte dann: „Wer ist dein Vater?“

„Mein Vater ist der Kuhhirt, ehrwürdiger Prinz“, antwortete das Mädchen.

„Das kümmert mich nicht. Du sollst meine Frau werden.“ Sprach’s und hieß sie an seiner Seite Platz nehmen. In seiner goldenen Kutsche führte er die Tochter des Kuhhirten heim, und sie feierten eine prächtige Hochzeit.

Bevor sie aber die Ringe wechselten, sagte der Prinz: „Höre, Mädchen, du gefällst mir, und ich heirate dich. Eines aber verlange ich von dir: Du darfst mir nie widersprechen. Was ich tue, ist recht und billig, und dir sei keine Kritik erlaubt." So weit, so gut. Die Zeit verging, und sie lebten in großer Eintracht. Einmal aber geschah es, daß ein armer Mann beim König Klage erhob.

„Gnädiger König", sprach er, „mein Nachbar und ich waren auf dem Wege zur Stadt, ich mit zwei Pferden und er mit zwei Ochsen. Eines meiner Pferde führte ein Fohlen. Unterwegs hielten wir Rast. Als wir wieder aufbrachen, hatte sich das Fohlen einem der Ochsen zugesellt und wollte, obwohl ich es rief und lockte, nicht wieder zu seiner Mutter. Darauf behauptete mein Nachbar, mein Fohlen gehöre ihm, und jetzt will er es nicht wieder herausgeben. Gnädiger König, ich bitte um Gerechtigkeit."

„Gut", sagte der König, „ich will dir Gerechtigkeit widerfahren lassen, allein, du wirst keine Freude daran haben. Ich meine, daß das Fohlen dem gehört, dem es nachläuft."

Tief bekümmert darüber, daß man selbst beim König keine Gerechtigkeit mehr fand, ging der Arme hinaus. Im Nebenzimmer aber hielt ihn die Königin auf und sprach: „Warte, armer Mann, ich habe gehört, welchen Spruch mein Gemahl gefällt hat. Gehe hinaus in den Wald, dorthin, wo der König zu jagen pflegt, nimm dir ein Netz mit und wirf es auf einem Baumstumpf aus."

Was die Königin ihm weiter riet, will ich jetzt nicht verraten. Ihr werdet es gleich erfahren. Der Arme ging hinaus in den Wald, nahm ein Netz und warf es auf einem Baumstumpf aus. Dabei hielt er den Kescher, als wollte er Fische fangen. Nach kaum einer Stunde kam der König vorbei.

Er wunderte sich, was der Arme da trieb, und konnte nicht an sich halten zu fragen: „Was tust du da, armer Mann?“
„Ich fische, gnädiger König.“
„Was redest du, wie kann ein Baumstumpf Fische haben?“
Der Arme entgegnete: „Genauso, wie ein Ochs ein Fohlen.“
Der König schämte sich. Natürlich nahm er seinen Spruch zurück und ließ dem Armen das Fohlen wiedergeben. Gesagt, getan. Dabei aber kam ihm der Verdacht, seine Gemahlin mochte den Armen diese List gelehrt haben. Er kehrte heim und herrschte seine Frau zornig an: „Du hast Kritik an mir geübt, obwohl du versprachst, das nicht zu

tun. In meinem Hause ist deines Bleibens nicht länger. Geh zurück zu deinem Vater!“

Die Königin weinte, doch vergebens, der König ließ sich nicht erweichen.

„Nun gut“, sagte die Frau, „ich gehe. Aber was gibst du mir dafür, daß ich solange Tisch und Bett mit dir teilte?“

„Nimm, was dir das Liebste ist“, erwiderte der König, „aber verlasse mein Haus.“

Die Königin verließ das Zimmer, packte ihre Sachen zusammen und setzte sich darauf mit dem König zu Tisch, um ein letztes Mal mit ihm zu Mittag zu speisen. Und als der König einmal beiseiteschaute, tat sie ihm ein Schlafmittel in den Wein.

Mit einemmal begann der König zu gähnen, die Augen fie-

len ihm zu, er sank über den Tisch und schlummerte sanft ein. Mehr brauchte die Königin nicht, sie rief die Diener herein, ließ den König in ihre Kutsche tragen und sechs Pferde vorspannen. So fuhr sie heim zu ihrem Vater.

Im Hause des armen Kuhhirten erwachte der König, schaute sich um und fragte erstaunt: „Wie komme ich hierher?“

„Du sagtest mir, lieber Gemahl, ich könne mitnehmen, was mir das Liebste sei. Du bist mir das Liebste, also habe ich dich mitgenommen.“

Als der König dies hörte, verflog sein Zorn, er herzte und küßte seine Frau. Darauf setzten sie sich in die Kutsche und fuhren heim und lebten wie zwei Turteltäubchen, bis an ihr seliges Ende.

Das Salz

Vor langer, langer Zeit lebte einmal ein alter König, der hatte drei Töchter. Doch bevor es ans Sterben ging, wollte er seine drei Töchter gern verheiraten. Das schien kein großes Unterfangen, zumal er drei Reiche sein eigen nannte, die er unter seinen Töchtern aufteilen konnte. Allerdings glichen sich die drei Reiche nicht wie ein Ei dem anderen, weshalb der König seinen Töchtern kundtat, er werde derjenigen das schönste geben, die ihn am meisten liebe.

Er versammelte die Töchter um sich und fragte die älteste: „Antworte mir, liebe Tochter. Wie sehr liebst du mich?"

„Wie ich dich liebe, mein Vater? Wie die Taube den Weizen", sagte das Mädchen.

„Und du, liebe Tochter?" fragte er die mittlere.

„Wie ich dich liebe? Wie den Windhauch im schwülen Sommer, lieber Vater."

„Und jetzt will ich dich fragen“, wandte er sich an die jüngste. „Sag, wie sehr liebst du mich?“
„Wie ich dich liebe, mein geliebter Vater? Nun, ich liebe dich wie die Menschen das Salz.“
„Was redest du, nichtsnutziges Ding!“ herrschte der König sie an. „Schere dich hinaus aus meinem Palast, aus meinem Reich! Komm mir nicht wieder unter die Augen, wenn du mich so wenig liebst!“
Umsonst weinte und flehte die kleine Prinzessin, umsonst erklärte sie, wie sehr die Menschen das Salz lieben — sie fand keine Gnade. Sie mußte hinaus in die Fremde.
Bitterlich weinend machte sie sich auf den Weg und verirrte sich in einem dichten Wald. Da sie nicht mehr hinausfand, bereitete sie sich ein Lager in einem hohlen Baum. Tagsüber ging sie in den Wald, um Beeren und Nüsse zu suchen, und so fristete sie ihr Leben.

Als ein Jahr verstrichen war, kam der Prinz des benachbarten Reiches zufällig in diese Gegend und erblickte die Prinzessin zwischen den Himbeersträuchern. Auch die Prinzessin hatte den Prinzen gesehen, lief erschrocken zu ihrem Baum und verbarg sich in der Höhlung.

Der Prinz folgte ihr und rief: „Wer da?“

Die Prinzessin drückte sich tiefer in den hohlen Baum, zitterte wie Espenlaub und brachte keinen Ton heraus.

Wieder fragte der Prinz: „He, wer da? Mensch oder Teufel? Bist du ein Mensch, komm heraus, bist du ein Teufel, fahr zur Hölle!“

Die Prinzessin wagte nicht zu antworten.

Zum drittenmal fragte der Prinz:

„He, wer da? Melde dich, Mensch oder Teufel, oder ich schieße!“

Da erschrak die Prinzessin sehr und kam schluchzend aus der Höhle. Ihre Kleider waren schmutzig und zerlumpt, sie schämte sich sehr und erzählte dem Prinzen unter bitteren Tränen, wer sie war und wie sie hierher gekommen.

Die Prinzessin gefiel dem Prinzen. Zerlumpt und schmutzig, wie ihre Kleider auch waren, war sie doch schön und hatte ein liebliches Gesicht. Sanft ergriff er ihre Hand, führte sie in seinen Palast, kleidete sie in teure goldene und diamantene Gewänder, und über kurz oder lang hielten sie Hochzeit.

Die Zeit verging, das junge Paar lebte in großer Eintracht

und Liebe wie zwei Turteltäubchen. Eines Tages aber sagte der König: „Nun, liebe Frau, als ich dich zum erstenmal sah, fragte ich nicht genauer danach, warum dein Vater dich fortjagte. Sage mir jetzt die volle Wahrheit."

„Lieber Gemahl", erwiderte die Königin, „ich kann dir auch jetzt nichts anderes sagen. Mein Vater fragte, wie sehr ich ihn liebe, und ich antwortete, wie die Menschen das Salz."

„Gut", sagte der König. „Ich habe einen Plan. Du wirst sehen, das Herz deines Vaters wird sich erweichen lassen."

Wie das aber geschehen sollte, davon sagte er seiner Frau nichts, sondern ging und schrieb einen Brief an den alten König und lud ihn zum Mahl. Am nächsten Tag wurde

der Brief abgesandt, und am dritten schon traf der König in einer sechsspännigen Kutsche ein. Der junge König geleitete den alten König in seinen Palast, wo im schönsten Zimmer ein Tisch für zwei Personen gedeckt stand. Sie setzten sich, und die Diener trugen die erlesensten Speisen auf. Aber eines muß ich euch verraten: der junge König hatte befohlen, jede Speise für den alten König gesondert zuzubereiten, ohne ein Körnchen Salz!

Nun, das war vielleicht ein Mahl! Der alte König kostete die Suppe, ein Löffel, zwei Löffel — dann legte er den Löffel beiseite, er brachte die Suppe nicht hinunter, so salzlos war sie. Im Stillen dachte er, man hätte gewißlich das Salz vergessen, doch im Salzgemüse werde genug sein. Weit

gefehlt! Die Braten wurden aufgetragen, einer nach dem anderen, aber alle gingen sie wieder zurück, nachdem der alte König bloß mit der Zunge gekostet hatte. So scheußlich und fade schmeckten die teuren Braten.
Da aber konnte der alte König nicht mehr an sich halten und fragte: „Was hast du nur für einen Koch, mein Sohn, der alles ohne Salz zubereitet?"
„Sonst salzt er die Speisen immer, verehrter Herr König, aber ich hörte, Ihr mögt kein Salz. Deshalb habe ich ihm bei Todesstrafe anbefohlen, nicht das mindeste Körnchen Salz an die Speisen zu tun."

„Daran hast du unrecht getan, mein Sohn. Ich liebe das Salz sehr. Wer hat dir anderes berichtet?“
„Eure liebe Tochter, verehrter Herr König“, sagte der junge König.
Im selben Augenblick öffnete sich die Tür, und die Königin trat ein, die jüngste Tochter des alten Königs.
Himmel, was freute sich der alte König! Schon damals hatte er von Herzen bereut, seine Tochter verstoßen zu haben, die er seither überall suchen ließ. Von Stund an regierte der junge König sein Reich gleich mit, und wenn sie nicht gestorben sind, so leben sie noch heute.

Ungarischer Originaltitel: Furulyás Palkó
Aus dem Ungarischen übertragen von Dorothea Koriath

© Corvina Kiadó 1990
Printed in Hungary 1990
Druckerei Athenaeum, Budapest
ISBN 963 13 3352 3